AF501281

LA POÉSIE EN AMÉRIQUE.

H.-W. LONGFELLOW

PAR

Louis DÉPRET,

Membre Titulaire de la Société des Sciences, de l'Agriculture et des Arts de Lille.

LILLE.

IMPRIMERIE L. DANEL.

1876.

LA POÉSIE EN AMÉRIQUE.[1]

HENRY-WADSWORTH LONGFELLOW

PAR M. LOUIS DÉPRET,

MEMBRE TITULAIRE.

I.

L'Exposition de Philadelphie.

La France — nous pourrions aussi bien dire l'Europe — s'arrachant aux menaces et aux complications renaissantes qui sont le fond de tous nos entretiens depuis quelques années, tourne à présent volontiers ses regards au-delà des mers, du côté de l'Amérique.[2]

Il ne s'agit plus cette fois de Lee, de Jefferson Davis, de Grant, de Lincoln, de Sherman, et des péripéties émouvantes de la guerre de sécession.

Il ne s'agit plus de ces télégrammes dont le souvenir ajoute une amertume aux douleurs de la méchante affaire du Mexique.

Il ne s'agit pas encore du branle-bas d'une élection présidentielle.

(1) Extrait des Mémoires *de la Société des Sciences, de l'Agriculture et des Arts de Lille.*

(2) Cette lecture a été faite devant la Société dans le mois de juin 1876

Il s'agit de la grande manifestation industrielle, artistique et commerciale qui rassemble présentement à Philadelphie les meilleurs produits du travail de tous les peuples, et aussi des représentants nombreux de toutes les nations du monde.

Notre Compagnie a l'honneur d'y compter un des siens parmi les membres du Jury français.

Des Expositions.

Ce n'est point ici le lieu d'étudier la partie morale, économique, sociale, internationale, en un mot *civilisatrice* de ces exhibitions, ni de comparer les succès inégaux de celles de Londres, de celles de Paris, (dont la dernière fut traversée de signes avant-coureurs si effrayants), ni de celle plus récente de Vienne.[1]

Comment l'Amérique est jugée en France.

Le nom de l'Amérique suffit largement aux considérations très-générales que nous désirons énoncer en tête de cette étude, il suffit à remplir notre introduction, et même en ne parlant que de l'Amérique, nous arriverons au terme de notre travail sans avoir dit sur elle, à beaucoup près, tout ce que l'on pourrait dire.

Ce nom a un prestige, il exerce une sorte de fascination sur notre vieux continent, et en particulier sur le peuple Français qui aime à voir dans l'Américain une sympathie.

Ce nom nous rappelle une revanche du passé. Après les affronts inouïs du règne de Louis XV, il nous rappelle les Anglais battus enfin avec le concours de nos armes.

Il nous rappelle la fondation de la plus grande république de l'univers, baptisée avec le sang de notre jeune noblesse, enthousiaste et vaillante.

En vain les Allemands ont fait de l'Amérique le déver-

(1) Les remarquables *lettres sur les États-Unis*, adressées au *Journal des Débats*, par M. de Molinari, et l'excellent l'article de M. Simonin, inséré dans la *Revue des Deux-Mondes* du 15 octobre 1876, donnent sur l'Exposition de Philadelphie et sur la situation actuelle de l'Amérique, les renseignements les plus précis, dans la forme la plus intéressante.

soir de leurs émigrants, de leurs prostituées et de leurs espions; en vain, les Wagners de la politique berlinoise entrevoient peut-être dans l'Amérique, l'*Allemagne de l'avenir*, en vain certaines rues de l'Union se sont pavoisées aux jours de nos malheurs... nous pensons, malgré tout, que les Américains nous aiment, et nous n'avons, à aucune époque de notre histoire, prononcé leur nom avec colère... pas même à propos des fameuses actions du Missisipi. La débâcle de la rue Quincampoix ne nous rappelle plus que l'anecdote d'un bossu; le financier Law a pris à son compte toutes nos malédictions... Elles ne sont plus bien méchantes.

Pour la grande majorité des moins informés d'entre nous, l'Amérique reste un peu toujours à l'état de chose rêvée, de dénouement heureux de drame ou de roman. Pour ceux-là, c'est invariablement le pays des dollars tombant comme la pluie et poussant comme la feuille, le pays des *steamers* meublés comme des palais, le pays des wagons plus confortables que les nids capitonnés du *West-End* ou du Boulevard-Malesherbes et qui font en une seule traite le voyage de sept jours qui séparent New-York de San-Francisco, le pays des navires qui sautent comme des canons trop chargés, le pays des marchands de soieries et d'ombrelles, qui payent 300,000 francs un tableautin de Meissonnier, le pays des villes énormes [1], jaillies en dix ans des herbes de la prairie, des sables de la grand'route, ou des vases de la rivière, brûlées en une nuit, rebâties en deux mois, plus grandes, mieux aménagées qu'auparavant, sans que, dans l'intervalle, pas un service public n'ait souffert, le pays des Mormons, colonie d'émigrants devenus un *État*...

(1) Les chiffres suivants, émanés des rapports des Chambres de Commerce de Chicago et de Saint-Louis, prouveront que nous n'avons rien exagéré: *Chicago*, qui comptait 4,000 habitants en 1837, en compte, en 1875, 500,000, malgré le ruineux incendie de 1872. Le chiffre d'alors était 364,000.

Saint-Louis, comptait en 1803, 1200 habitants, il en compte également 500,000 en 1875.

dans l'*Utah*... en un mot, quelque chose de fabuleux, et toujours un peu l'Amérique des *oncles* de l'ancien répertoire.

Pour quelques autres, ignorants des conditions, des origines, des combinaisons de races de fois religieuses et de caractères, qui ont produit l'Américain, (impossible à comprendre si on l'isole des luttes quotidiennes et des champs illimités qui ont provoqué et satisfait son audace et sa fièvre d'entreprises forcées de tout créer et ne devant compter que sur elles-mêmes), l'Américain est le modèle, ses formes d'administrations, l'idéal, ses façons parfois grossières, la marque d'une âme vraiment libre.

S'il y a du systématique et du factice dans de pareils discours, c'est plutôt notre faute que celle des Américains. — Nous serions infidèle au rôle que nous nous sommes assigné dans le monde littéraire, si nous laissions s'échapper de notre plume un mot de satire ou de blâme pouvant blesser un honnête homme qui ne penserait pas comme nous... Mais nous pouvons, sans scrupule, relever un trait du caractère national : or, c'est notre faiblesse de récriminer contre le lot d'autrui, ou de prétendre le faire nôtre, sans nous y être adaptés. Quiconque rêve d'asseoir, du consentement public, dans un pays, un état de choses raisonnable et respecté, doit enlever à son programme, cet air d'envie farouche, de colère haineuse, de revanches spoliatrices, égalitaires, niveleuses, qui a jusqu'à présent signalé certains rêves de réforme. Lâchons cette ornière, cette routine de menaces et de peurs ! Que le mot de progrès signifie notre avancement et non le recul d'autrui ! L'avenir n'est point à ceux-là qui, plus jaloux d'abolir les privilèges du voisin que de conquérir par le travail les mêmes avantages pour eux-mêmes, ont rendu justement suspect le plus beau mot de toutes les langues : La Fraternité.

Effet du nom de l'Amérique sur l'Angleterre.

Nous avons dit l'effet du nom de l'Amérique sur la France... Il serait difficile de qualifier en un seul mot celui qu'il produit sur l'Angleterre. A l'origine, l'Angleterre a dû applaudir, un peu malgré elle, et non sans jalousie, dans l'Amérique, une émanation d'elle-même, une fille orgueilleuse et volontaire dont l'émancipation lui rappelle des affronts qui l'indignent, sous les regards de la France momentanément vengée.

Jusque-là, il subsistait une tendresse amère, et comme une fierté de famille au fond de ces discordes, d'ailleurs absolument inévitables.

Depuis, l'Amérique s'est montrée plus sensible que de raison à l'ironie des voyageurs et des humouristes anglais. Ceux-ci, de leur côté, se sont évertués, aussi plus que de raison, à ridiculiser les façons américaines. On a dit chez nous que :

> Le ridicule est plus tranchant
> Que le fer de la guillotine.

L'Amérique semble l'avoir éprouvé ainsi; par l'organe d'un de ses premiers écrivains, elle a averti l'Angleterre, qu'elle était plus irritée de ces coups de plume que des anciens coups de canon, et que les moqueries, si elles se renouvelaient, porteraient une atteinte mortelle aux bons souvenirs et aux derniers égards de la parenté.

D.ailleurs, il est visible que cette parenté a tendu chaque jour davantage à n'exister plus que dans la langue. Or, la langue n'est pas toujours un lien. On n'est véritablement rapproché que par le cœur, l'imagination et le génie..., de même que l'on est éloigné par leurs différences.

Aussi longtemps que dura la période d'imitation, l'Amérique resta une colonie; mais depuis, le génie propre est né ; il y a le génie américain, il y a le type et l'air américains.

Depuis longtemps, l'Amérique n'imite plus, et n'est plus colonie. Depuis longtemps, elle n'est plus attirée, bien mieux, elle attire, elle a sa force d'attraction, attraction irrésistible et formidable.

Le génie américain.

Sans doute, à l'analyse, le globule hollandais et la fibrine anglo-saxonne se retrouveraient aisément dans les veines de ce type, mais cela ne contredit point l'originalité et ne dément pas le génie.

Nul n'ignore que la marque du génie n'est pas de ne ressembler à personne, ni d'être venu au monde tout seul. C'est, j'imagine, de comprendre, de résumer les autres dans la conscience et le recueillement de soimême, c'est d'aller droit à ce qui est, malgré ses voiles; droit à ce qui sera, au plus obscur de son germe; c'est de penser ce que tout le monde allait dire; c'est quelquefois de dire le premier ce qui était dans l'air, ce que tout le monde pensait, ou avait jusque-là exprimé imparfaitement; c'est de fixer mille traits épars, ou de répandre une vérité cachée. Ce n'est pas d'être *l'inintelligible*, comme le croient encore les badauds, c'est d'être *l'intelligence.*

On attribue à Raphaël cette maxime un peu excessive : *comprendre c'est égaler.*

On voit, dès lors, qu'il y a le génie des principes et celui des généralisations.

Quelqu'un a appelé le génie : une longue patience.

Convient-il d'appliquer cette définition à l'histoire des peuples, et surtout, oserons-nous l'appliquer, sans vous faire sourire, à ce peuple enfiévré d'énergie, insatiable de production, ivre de mouvement ?

Patient ! ce peuple du *go a head,* qui, jeté brusquement entre ces lacs qui sont des mers, ces prairies qui sont des empires, ces forêts qui sont des mondes peuplés d'arbres, (dont la verdure aveuglante abrite, comme l'arche de Noé, toutes les espèces d'animaux connues), semble avoir pris pour tâche de rivaliser avec cette merveilleuse nature, et répond, à coup de villes, aux défis prodigues de sa végétation!

Oui, l'on peut nonobstant appliquer ce mot de patience au génie américain, parce qu'en patience, comme en bonne poésie, le temps ne fait rien à l'affaire ; que la patience n'est pas une affaire de jours, mais d'humeur, et que celui-ci peut être plus patient en un mois, que celui-là en une année.

Le caractère américain.

Pour juger sainement le caractère américain, il faut donc le dégager de cette atmosphère de légendes, du brouillard des vaines lectures, et aller droit aux réalités et aux actes, comme ces gens-là font si volontiers eux-mêmes.

Il n'y a point lieu d'abaisser l'américain au personnage de mâcheur de tabac, arrosant d'alcool aux aromates ou de chambertin glacé, de pantagruéliques marchés de porc frais.

Ce n'est point un casse-cou mal appris, ce n'est pas non plus le héraut de la civilisation.

Ce grand peuple, produit des fils les plus aventureux et les plus énergiques du vieux monde, a sa caractéristique, ainsi que nous avons la nôtre.

Malheureusement, la nôtre c'est l'esprit de routine, les redites, la jalousie.... et l'abus maladif des mots.

La sienne, c'est l'esprit d'entreprise intrépide, favorisé par l'espace, et appuyé sur le *Self-Help*.

D'ailleurs, ils ne sont ni plus, ni moins de faibles hommes que l'Anglais, le Français, l'Italien, l'Espagnol, le Russe. Chez eux comme chez nous, il y a des braves et des lâches, des bons et des mauvais.

A côté du glorieux et loyal Washington, il y a le perfide Arnold, et ce drame de trahison, qui est une des plus sombres pages de la guerre d'Indépendance. A côté du vaillant et inspiré Sherman, (ce beau type d'Américain, dont les Mémoires, très-curieux, viennent d'être analysés, dans une grande revue, par un écrivain anonyme, qui ne serait autre, nous dit-on, que M. le prince de Joinville), il y a les concussionnaires dont les prévarications ont rempli tous les journaux dans ces derniers temps.

Somme toute, l'Amérique, où la plante humaine, si elle ne naît pas plus belle, selon l'image du poète italien, croît, du moins, plus abondante qu'ailleurs, plus absorbante, plus expansive, plus industrieuse, plus altérée, l'Amérique appelle l'attention du philosophe autant que celle de l'économiste et de l'homme d'État.

Devant notre Europe, croûlant sous sa surcharge de traditions, de monuments, d'excroissances séniles, et moralement affaissée, l'ombre du cousin Jonathan grandit menaçante sur le mur.

Littérature américaine.

D'après ce début, Messieurs, vous avez pu croire que ce titre : *La Poésie en Amérique*, allait couvrir une étude de ces forces merveilleuses, et que j'entendais parler de la poésie des faits, car les faits ont leur poésie, et, rigoureusement, étymologiquement, la poésie, c'est le fait, la mise en œuvre ; le reste n'est que songe.

L'imagination des conteurs de féeries et des récits merveilleux de notre enfance, n'a été qu'une prophétesse, qui semble avoir entrevu les prodiges que devaient réaliser la science, l'art et l'industrie modernes.

Hé bien non! A propos de l'Amérique, c'est à la poésie proprement dite que je pensais, à la poésie du rythme, des sentiments et des visions, en un mot à la poésie littéraire, écrite, imprimée, débitée en volumes.

Il fut longtemps à la mode de refuser à l'américain l'imagination, la culture, la politesse, les mœurs littéraires. On lui reprochait non sans raison, l'intolérance de son esprit national, son mauvais goût presque sauvage, sa mesquine jalousie qui en faisait comme le provincial de l'Europe, sa mauvaise tenue devant la satire et la critique, et la lourdeur vulgaire de ses parades et de ses ripostes.

Que n'a-t-on pas dit? Je répondrai seulement au reproche de manque d'invention et d'originalité littéraires que nous n'avons pas le droit d'être si fiers et qu'un homme qui écrit du neuf est un homme rare, même parmi nous.

En outre ces gens-là avaient autre chose à faire que d'aligner des phrases, ils alignaient des rues.

Ce n'est pas, il va sans dire, que depuis ses origines, il n'ait pullulé en Amérique des myriades de méchants rimeurs obscurs, et de feuilletonnistes du plus mauvais ton, pastiche fade des écrivains de la métropole anglaise, littérature de chef-lieu de canton, sonnets tels qu'il s'en dépose, à la nuit, signés d'initiales, dans les boîtes des journaux de sous-préfectures.

Ce n'est point cela que l'on appelle la littérature et la poésie américaines. Elles sont de date plus récente. Désormais elles existent et elles ont fait une trouée victorieuse dans la méfiance et les préjugés de toutes les capitales de l'Europe.

Il y a désormais une littérature américaine; il y en a même deux, si jouant, sur les mots, nous englobions dans ce titre, les nombreux ouvrages de valeur consacrés à l'Amérique.

Le catalogue est considérable de ceux d'entre ces derniers que nous pouvons attribuer à la France et à l'Angleterre. Il est superflu de louer les récits des missionnaires, les peintures majestueuses de Chateaubriand, les travaux classiques de M. de Tocqueville et de M. Michel Chevalier, mais on peut recommander le curieux ouvrage de M. Hepworth-Dixon, intitulé : *New-America*, et tout récemment : *White-Conquest*, qui est comme le registre tenu à jour jusque vers 1876, des événements qui vont peut-être lancer l'Amérique dans des destinées imprévues ; les notes humouristiques de Charles Dickens, l'exquise relation du baron de Hübner, écrite dans le meilleur français par un bon autrichien. Je ne voudrais pas me donner le ridicule d'un trop facile étalage d'érudition bibliographique, mais comment ne pas citer à ce propos les noms de M. Laboulaye, de Philarète Chasles, en qui la France a perdu un savant critique, et les voyages de M. Paul Marcoy, et l'ouvrage si nourri, si instructif de M. Simonin, intitulé : *Le monde américain ?*

Il n'est pas permis de parler aujourd'hui de l'Amérique sans avoir lu ce remarquable volume. On sera frappé, effrayé peut-être des augures que multiplient en faveur du Nouveau-Monde les statistiques de ses richesses souterraines, houilles, minerai, pétrole. Robert Peel a dit que l'avenir appartient à la nation qui possède le plus de houilles.

J'omets un certain nombre de travaux plus ou moins intéressants, consacrés par des plumes françaises à l'Amérique. J'ai cité ceux qu'il importe de lire.

Arrivons aux fondateurs de la littérature américaine proprement dite. A leur tête, il est d'usage de nommer Franklin, dont la fausse bonhomie, coupable un jour de cruauté, n'a pas entamé le génie et la gloire ; Fenimore Cooper qui balança un instant chez nous la popularité de l'homérique Walter Scott ; Washington-Irving charmant essayist dont nous nous rappelons le récit exquis d'une visite à Strattford-sur-Avon, le berceau de Shakespeare. Plus près de nous, et de nos jours, les noms célèbres se pressent : c'est Emerson, récemment révélé à la France, et dont les deux petits volumes : *Conduct of Life* et *English Traits*, ont la qualité des livres qui durent; c'est l'aveugle historien Prescott, dénicheur si clairvoyant de documents et d'archives ; c'est Nathaniel Hawthorne, le conteur tragique et concis de la *lettre Rouge ;* c'est Edgard Poë, le vainqueur d'Hoffmann et de Musœus devenu sitôt l'un des nôtres et l'inspirateur de quelques-uns de nos auteurs à succès; enfin, c'est Marc-Twain, c'est Bret-Harte, mineur des Placers Californiens, qui nous a si bien raconté ce que l'on pourrait appeler l'âge de fer de ce pays de l'or. Bret-Harte, à peine annoncé chez nous, menace d'y tourner à l'engouement.

Enumérer les poètes nous entraînerait trop loin, et serait une besogne vaine et fastidieuse. Disons seulement qu'à leur tête brille du consentement général et de l'aveu de tous les lecteurs du monde, Henry Wadsworth Longfellow, objet de cette étude.

Nous aimons à parler aujourd'hui en l'honneur de cet homme dont le souvenir est lié à quelques heureuses dates de notre vie, parce que d'abord il est un véritable poète à la taille de nos meilleurs, et ensuite parce qu'il est un grand ami de la France dont il enseigne la langue et les chefs-d'œuvre aux nombreux élèves de la première université d'Amérique. Il a visité souvent et presque habité la France. Aussi, n'est-ce point un ami du bout des lèvres, mais un ami de cœur et d'intelligence.

Il sait toutes nos provinces, toutes nos grandes villes d'Agen à Arras. Il sait Paris mieux que nous qui nous flattions de le savoir. Il nous en donna, quinze jours durant, des preuves dignes de figurer au cours d'une biographie littéraire.

II.

BIOGRAPHIE DE LONGFELLOW.

Qui essaye de décrire Londres se trouve devant une double difficulté : *Aspect de Londres.*

Tout apprendre, tout dire à ceux qui n'y sont point

allés; mais le plus difficile c'est de rendre aux autres une sensation bizarre, opiniâtre, unique..., *unique*, j'en atteste ceux qui ont gardé le souvenir de leur première arrivée à Londres.

Henri Heine est de cet avis; le témoignage de ce pénétrant observateur est des plus décisifs.

Quelle plume saura traduire l'âme de ce peuple morne et glacial, qui sillonne comme des ombres cette ville sans quais, sans soleil, aux sombres édifices estompant dans le brouillard leur masse émergée d'un océan de suie et de charbon !

Dans cet air opaque et cette architecture inextricable, se cache cependant l'âme de l'anglais, cette âme étonnante dont l'unité est faite des plus énergiques contrastes qu'ait vus le monde.

Vers la fin de 1855 (très-peu de temps avant la mort du célèbre poète-banquier Samuel Rogers), je tombai, fort jeune encore, à la ville de Christmas, dans l'infini de Londres.

Pour savoir et montrer combien Londres est grand, ce n'est point assez de le déclarer plus vaste que Paris, d'additionner rues et maisons, de dire : Londres a quatre millions d'habitants.

Il ne suffit pas de l'avoir foulé en *excursionnist* à l'aurore tumultueuse d'une exibition, il faut y avoir résisté aux bruines d'un long hiver... il faut six mois durant avoir entrevu, rejoignant les nuages, par les grises journées : le Dôme de Saint-Paul, la Tour du Parlement et dix mille autres tours, mais non pas un autre Dôme !

Il faut s'être attardé quelquefois, passé minuit, dans l'inimaginable horreur de ses carrefours et même de ses grandes voies et de ses alcazars funèbres. Je ne dis pas que vous y retrouverez l'humanité sous un aspect fait pour vous consoler d'être homme. Au contraire, il faut plutôt attendre que vous en emporterez une tenace mélancolie assez justement comparable à la tristesse d'un homme qui se trouverait seul, au milieu de la plus sinistre des mers, sans la vue du ciel, sans le chant des flots.

Le sourire est une fleur inconnue au sol de Londres; rencontrer un visage amical, donner et recevoir un cordial bonjour dans cet incessant va-et-vient de fantômes humains, est une bizarrerie.

On se dit : La gloire, la renommée, le bonheur d'aimer, le plaisir de lire, sont des mots qui ne figurent pas, sans doute, au dictionnaire de cette nation, et il doit être pauvre et inconnu celui qui a écrit ce dictionnaire! »

On se demande, avec l'ironie du découragement suprême : Que pourrait-on bien inventer qui fasse retourner une de ces têtes tendues vers la banque, vers le railway, vers le charbon? — où donc est né Shakespeare? Voilà Londres.

Pourtant, dans ce Londres infernal, en décembre 1855, il n'est pas une de ces têtes tendues qui ne se fût penchée la veille au soir, ou n'eût fait semblant de se pencher sur un livre nouveau, sur un livre de vers, poème issu de loin et reçu en frère, honoré comme le roman plein de joie et de larmes du grand Dickens et comme la maîtresse-histoire du lord Macaulay, populaire comme les récits de Sébastopol, conquis l'été dernier.

Hé! ne venons-nous pas d'esquisser ce contraste qui est le fond de l'unité anglaise : l'âpre poursuite du gain, le morne labeur du chiffre, ornés des fleurs roses et bleues de l'idéal?

D'une part, si l'Anglais voit ses villes fumeuses et sombres encadrées dans la campagne la plus verdoyante et la plus rêveuse du monde, s'il peut aller entendre brâmer les cerfs de Richmond et de Windsor sous les chênes qui ont vu rêver Pope et Shakespeare, à trois lieues de ces noires usines et de ces ruelles où l'air ne pénètre jamais, d'autre part ce même anglais voit son morne cerveau, enveloppé de visions, de ressouvenirs et de croyances. On peut dire que Londres symbolise exactement ce double courant : Londres *pandæmonium* d'affaires enserré dans une quarantaine de petites villes paisibles et fleuries, où le plus noble Lord et le plus modeste employé ont chacun son *hôme* de palais et de cottages.

Le chant d'Hiawatha.

Pourtant, je ne vous ai pas encore nommé le livre qui, dans un milieu défavorable en apparence à l'épanouissement de la fleur de poésie, sut, à mille lieues du sol qui l'avait vu naître, passionner ce Londres tragique, depuis les plus humbles logis, jusqu'aux hôtes altiers de ces *Seats,* de ces *Halls,* de ces *Lodges*, de ces *Parks*, où resplendit la fleur du peerage. C'était un poëme indien, intitulé : *The song of Hiawatha, le Chant de Hiawatha.*

Cependant, nulle palpitante actualité, pour parler la langue de nos libraires, ne plaidait en faveur de ces légendes, de ces traditions « *venues du pays des Ojibways, venues du pays des Dacotahs, et recueillies sur les lèvres de Nawadaha, le musicien, le doux chanteur.* »

C'était un spectacle charmant, (j'y assiste encore par la pensée et par le cœur), celui de ces groupes de jeunes filles au visage mince, au regard profond, aux boucles blondes, écoutant sans surprise, et comme l'écho de leurs songes antérieurs, ces nouvelles aventures venues de si étranges et lointains pays.

Pour nous, à dix-huit ans, tout frais sorti d'un collége de France, nous étions introduit à la fois dans les secrets d'une langue et d'une poésie nouvelles ; par ce livre d'un homme jusque-là de nous inconnu, et dont le nom, depuis notre arrivée vibrait sans cesse à notre oreille. Il nous semblait entrer, par une porte d'or, dans un monde enchanté de mélancolie et d'inspiration.

Ce n'est pas une petite excitation d'entendre souvent

revenir le même nom dans une langue que l'on ne prend pas encore.

Aussi, dans notre résidence en Angleterre, huit jours après notre débarquement sur le sol britannique, avant que nous fussions revenu d'un seul des nombreux étonnements de notre vie nouvelle, nous avions déjà entendu prononcer le nom de Longfellow, assez souvent et avec assez d'animation pour être impatient de comprendre ce qu'on en disait. Cette satisfaction obtenue, il nous sembla que toutes les conversations *at home*, et toutes les réunions auxquelles nous assistâmes étaient autant de prétextes à la lecture et au chant des vers de Longfellow.

C'est ce qui nous décida à entreprendre avant tout autre livre anglais, ce fameux *Chant de Hiawatha*. Notez qu'un tiers environ du volume est fait de mots inintelligibles, imprononçables pour nous, et qui ont, au jugement de l'auteur lui-même, exigé l'addition d'un petit lexique, à l'usage de ceux qui ignorent que *Kabibon'nok'ka* veut dire : *le vent du Nord*, et *Baim-wa-wa* : *le tonnerre*.

Voilà, direz-vous, bien des embarras, bien des complications hostiles à la simplicité et à la jouissance de la poésie! — soit, mais ils témoignent aussi de sa vertu native lorsqu'elle en triomphe.

Elle en triompha pour nous, car, malgré l'excessive abondance des mots indiens qui nous forçaient de recourir tous les dix vers au lexique final, nous fûmes charmé de ce frisson humain mêlé aux frémissements des branches, aux vibrations de l'air.

A cette époque, Longfellow était des moins connus en France, si j'en excepte quelques rares articles de *Revues*, et la traduction de courts morceaux en prose dans nos journaux illustrés. Tandis qu'en Angleterre, tout le monde autour de moi savait par cœur, avec un ensemble qui ne saurait être comparé qu'à l'universelle popularité de certains proverbes, (ou, pour prendre un exemple chez nous, qu'à la vie, pour ainsi dire *naturelle*, de certaines fables de La Fontaine), douze ou quinze poésies de Longfellow.

Tout Anglais dilettante a composé un air sur *Excelsior*. On apprenait à lire aux enfants dans la *Ville assiégée*. Les jeunes gens exultaient au *Psaume de Vie*; les veuves dont le fils unique venait de mourir pleuraient à *Résignation*. Triomphe suprême du poète, il était lu par les femmes, j'entends les vraies femmes, c'est-à-dire les mères, les sœurs et les épouses. Bonheur que n'eurent de leur vivant ni Molière, ni Shakespeare, tout un monde le savait par cœur.

Au temps, dont je parle, un succès ne nuisait pas à l'autre. Les derniers volumes de l'*Histoire d'Angleterre*, par lord Macaulay, qu'une mort prochaine allait ravir à l'Europe affligée, venaient de paraître. Dès l'aurore les portes du libraire étaient assiégées, sans que rien pût faire tort à l'inépuisable vogue de Charles Dickens, dont la *Petite Dorritt* paraissait alors en livraisons mensuelles, et suscitait, dans certains groupes, d'ardentes récriminations étrangères à la critique littéraire.

Biographie de Longfellow.

Henry Wadsworth Longfellow est né le 27 février 1807, à Portland, ville du Maine américain. Son père appartenait au barreau de cette ville. Ainsi que celui de Boileau,

> ... vit-il en gémissant
> Dans la poudre du greffe un poëte naissant ?...

l'auteur d'*Évangéline* ne nous dit rien là-dessus, mais nous savons que Longfellow fit d'excellentes études au collége Baudoin, dans le Nouveau-Brunswick, et qu'avant d'en sortir, comblé d'honneurs universitaires, et entouré de l'estime et de l'affection générales, il s'était déjà révélé par de remarquables vers disséminés dans les principales *Reviews* du pays. Depuis, le travail et les voyages se sont partagé sa vie.

Il passa quelque temps, durant l'année 1825, dans l'office paternel, et fut appelé bientôt à occuper une chaire de littérature et de langue modernes, dans ce collége Baudoin, dont il avait été l'orgueil.

Pour justifier cet imposant honneur, il résolut d'étendre, de la façon la plus complète et la plus authentique possible, les connaissances réclamées par l'objet spécial de son enseignement.

De là sa première visite sympathique, bien préparée, intelligente, à notre vieux continent.

Il ne resta pas moins d'un an à Paris, habitant alors les rues Racine et Monsieur-le-Prince. Il fit également des séjours prolongés dans le midi de la France, en Angleterre, en Allemagne, en Italie, en Espagne, en Suisse, en Hollande et en Belgique.

Il regagna l'Amérique et inaugura ses fonctions seulement en 1829.

Certaines de nos villes d'Europe lui ont inspiré quelques-unes des pièces les plus originales et les plus poétiques de son premier recueil : ainsi, Nuremberg et surtout Bruges qu'il a chanté deux fois dans des vers éloquents.

Bruges paraît l'avoir touché profondément. Quelle meilleure occasion, Messieurs, de vous faire apprécier le poète, que de vous le montrer célébrant une cité voisine de la nôtre, et presque une sœur vénérable de Lille, dans les lointains de notre commune histoire! Les annales, la légende et la physionomie de cette ville illustre, très-connue et très-goûtée de la plupart d'entre nous, — Bruges, en un mot, tient tout entier, monuments, murmure héroïque du passé, cloches d'autrefois, tambours d'aujourd'hui, dans soixante vers, qui ont, en outre, le mérite d'exprimer à merveille le sentiment et la manière du poëte.

LE BEFFROI DE BRUGES.

Sur la place du marché, à Bruges, se dresse le beffroi vieux et sombre...
Trois fois incendié et trois fois rebâti, il veille encore sur la ville.
A l'aurore d'un jour d'été, j'escaladai cette tour altière,
Le monde secouait les ténèbres de la nuit comme des robes de veuvage.
Riche de cités, émaillé de hameaux, argenté de vapeurs et de rivières,
Le vaste paysage rayonnait autour de moi, pareil à un bouclier d'argent ciselé.
A mes pieds dormait la cité, de ses cheminées, çà et là
Des guirlandes de fumée, plus blanches que neige, montaient et s'évanouissaient (comme des fantômes dans l'air.
Pas un bruit ne montait de la ville à cette heure matinale,
Mais j'entendis un cœur de fer battre dans l'ancienne tour.
Dans leurs nids, sur les hautes solives, chantaient les hirondelles sauvages,
Et le monde, endormi sous moi, me paraissait plus loin que le ciel.
Bientôt, harmonieuses et solennelles, évoquant les fastes d'autrefois,
Résonnèrent les cloches mélancoliques, avec leurs variations étranges et surhumaines,
Comme les psaumes de quelque vieux cloître, quand les nonnes chantent en chœur...
Puis la grosse cloche éclata parmi elles comme le chant du prêtre.
Les visions des jours envolés, les fantômes de jadis envahirent mon cerveau,
Et ceux qui ne vivent plus que dans l'histoire me semblèrent revenus sur la terre.
Tous les Forestiers de Flandre, le puissant Baudoin Bras-de-Fer,
Lydéric du Buc, et Crécy, Philippe, Guy de Dampierre.
Je revis les pompes splendides de ces jours disparus,
Les imposantes dames escortées comme des reines, les chevaliers qui portaient la (Toison-d'Or.
Les marchands Lombards et Vénitiens, aux lourds navires chargés jusqu'à la cale,
Les ministres de vingt nations, enfin plus de pompe et d'abondance qu'à la cour des rois.
Je vis le fier Maximilien, humblement agenouillé sur le sol...
Je vis la douce Marie chassant avec son faucon et son chien...
Et sa pompeuse chambre nuptiale où un duc coucha avec la reine,
Une garde armée autour d'eux et une épée nue entre eux.
Je vis les tisserands flamands, enorgueillis par Namur et Juilliers
Regagner leurs foyers après la sanglante journée des Éperons d'or.
Je vis la lutte des Minnewaters, je vis les Chaperons-Blancs marchant vers l'Ouest,
Je vis le grand d'Artevelde victorieux, escalader le nid du Dragon-d'Or.
Puis, de nouveau, l'Espagnol barbu vint frapper le pays de terreur,
Jusqu'à ce que la cloche de Gand répondit par-delà les lagunes et les sables:
Je suis Roland! je suis Roland!!! il y a victoire dans le Pays!...
Alors le bruit du tambour m'arracha à mes songes; la rumeur de la ville réveillée
Renvoya dans leurs tombeaux les fantômes que j'avais évoqués.
Les heures avaient passé comme des minutes, et avant que j'en eusse conscience,
L'ombre du beffroi traversait la place illuminée par le soleil.

En reproduisant cette poésie, que l'on est surpris de rencontrer parmi les œuvres d'un habitant de Cambridge (*Massachussets*) et qui semble par la couleur et la science devoir être le chef-d'œuvre d'un grand poète flamand, inspiré par la muse même de la patrie, je n'ai pas cédé seulement au plaisir de montrer la puissance d'identification du génie et du sentiment d'un vrai poète. J'ai voulu surtout ajouter un trait indispensable, au portrait que j'ai essayé — sans dissimuler la quasi-impossibilité de l'obtenir net et complet — du génie américain.

Les nombreux voyageurs qui l'ont étudiée attentivement sur place, ont tous signalé dans l'Amérique un double courant d'instincts et de tendances.

Parallèlement aux trappeurs, aux mineurs, aux colons, aux explorateurs intrépides, parallèlement aux ingénieurs à conceptions vertigineuses, aux banquiers, aux marchands dont les bénéfices ou les faillites nous paraissent arriver du pays des fables, il existe un peuple américain dont l'âme habite le passé. Ce peuple-là, devant les espaces illimités et vierges qu'a embrassés seulement le regard de l'impassible nature, (et dont le sable n'a point gardé la trace des myriades de tribus innommées qui l'ont foulé), éprouve comme la nostalgie des lieux enregistrés par l'histoire, et où des ruines attestent que l'homme a aimé, pensé et souffert. Ceux-là rêvent avec passion à l'Europe, à ses personnages légendaires, aux monuments de Paris, de Londres, de Vienne, aux tableaux de Florence, aux palais de Venise, aux burgs de la Germanie; leur pensée se retrouve en communion avec l'âme des générations; la mémoire a ses tendresses comme l'imagination a ses espérances.

Longfellow a été, il est encore l'interprète le plus éclairé et le plus pénétrant de cette catégorie d'américains, beaucoup plus considérable qu'on ne le supposerait en face des masses innombrables de ceux qui donneraient

Westminster, le Louvre et le palais Pitti, pour un joli marché de bois ou de bétail.

En 1835, âgé de vingt-huit ans, le professeur-poète fut appelé dans les murs du Cambridge-Américain, dont les premiers *settlers* avaient rêvé de faire la capitale des Massachussets. Longfellow y fut appelé comme professeur de littératures et de langues modernes à l'*université Harvard*, la première de l'Amérique, au moins par la date, car sa fondation remonte à 1636; elle est due aux libéralités du citoyen dont elle a pris le nom.

A cette occasion Longfellow revit l'Europe. Il s'arrêta surtout cette fois en Angleterre, en Danemarck, en Suède et en Allemagne. Puis il retourna à Cambridge, où il installa sa résidence définitive, et se retrancha entièrement dans le travail professionnel et la composition littéraire.

Reconnaissant de l'hospitalité de l'ancien monde, il a parsemé son œuvre de nombreuses et *excellentes* traductions ou imitations de poètes français, espagnols, italiens, suédois et allemands.

C'est même une des plus rares originalités du génie de Longfellow que cette assimilation parfaite avec les génies étrangers; je ne dis point cela par goût pour l'antithèse, mais par amour de l'exacte vérité. De même que ses longues stations sur notre vieux continent, à Rome, à Madrid, à Heidelberg, à Paris, ne lui apportèrent aucune des tristesses de l'exil, parce que son cœur de poète sympathisait avec ces nobles villes, de même lorsqu'il traduit des poëmes de Tëgner, de Coplas de Manrique, de Uhland, de Charles d'Orléans, de Reboul et de Jasmin, le dépérissement de la transplantation n'apparaît point dans l'air de ces fleurs d'un autre climat; au contraire, elles y trouvent un épanouissement nouveau; on voit qu'elles n'ont pas été étouffées dans une serre étroite, mais confiées à une terre maternelle et nourricière, sous la chaleur du soleil levant. Le caractère des originaux et l'accent propre de Longfellow, brillent à la fois unis et distincts dans ces poésies traduites. Il en résulte une saveur irrésistible, et un nouveau genre d'harmonie. Ce don de s'assimiler autrui sans le dissoudre et sans s'effacer soi-même, n'est-il pas le témoignage d'une personnalité bien vigoureuse, et d'une adresse bien rare, chez une âme si studieuse et si tendre ?

J'ai dit déjà que le poète est très-versé dans toutes les littératures du vieux monde, et qu'il parle les principales langues du continent. Merveilleusement il possède la nôtre ; il en pratique et en discute les moindres nuances ; certainement, il se connaît mieux qu'un grand nombre de nos lettrés au français des treizième et quatorzième siècles. Il lit couramment et possède en partie ces *vieux romanciers* dont Boileau déclare que Villon sut le premier dans ces *siècles grossiers* débrouiller l'art confus.

Nos données biographiques et personnelles sur le poète s'arrêtaient jadis à ces lignes sèches. Nous y aurions ajouté que depuis notre retour en France nous n'avions rien négligé, nous avions fait de notre mieux et à diverses reprises pour communiquer au lecteur français, le sens général, les plus belles parties, et la liste à peu près complète des poèmes et poésies de Longfellow. Bref, nous avions disséminé dans divers journaux et revues de Paris, et réuni dans une brochure spéciale nos impressions et nos renseignements.

Les années se chassaient l'une l'autre avec rapidité, et cette admiration de notre dix-huitième année, très-ardente et très-sympathique, s'adoucissait de ces teintes que prennent les choses du souvenir. L'éloignement augmentait encore les effets du temps, et il s'en fallait de peu que nous ne rangeâssions Longfellow parmi ces hommes envolés dont il parle si bien.

Dans les dernières semaines de 1868, plusieurs journaux annoncèrent l'arrivée à Paris de M. Longfellow, le célèbre poëte américain, l'auteur d'*Excelsior* et d'*Évangéline*, l'orgueil de la jeune Amérique et aussi de la vieille Angleterre, dont nul depuis Lord Byron n'avait honoré la langue d'aussi beaux vers. Longfellow ne fit alors qu'une halte chez nous; il se rendait à Rome où il passa tout l'hiver. Il revint à Paris au commencement de l'été 1869.

Par un beau dimanche, nous lisions à la croisée d'une maison de la rue Saint-Honoré, lorsqu'un coup de sonnette très-inattendu nous arracha en sursaut à cette demi-rêverie, qui est le propre de certaines lectures, et nous donna le pressentiment de quelque chose de rare et d'heureux.

Alors nous vîmes entrer chez nous un homme de taille moyenne, mais au maintien admirable de dignité. De longs cheveux blancs, le port de tête d'une noblesse idéale... L'austérité des lignes du visage, adoucie par la rêveuse mansuétude des paupières, abritant une prunelle qui reluit comme l'acier. Le puritanisme de l'Anglo-Américain, soldat du Christ, prêt à mourir la Bible sur son cœur, s'y confond heureusement avec les douceurs de l'artiste et la bonté du père.

Nous reconnûmes d'instinct, mais un peu aidé par un portrait ancien et très-ressemblant, l'homme qui avait charmé notre première jeunesse. La vive émotion de l'entrée fit bientôt place à l'intérêt le plus extraordinaire que nous ayons jamais trouvé peut-être à la conversation d'un homme de génie ou de talent.

Rien de dogmatique. Rien non plus de cette bonté banale qui est la pire des insolences chez nos auteurs en renom. De même que certains monarques ne faisaient nulle différence entre le premier seigneur et le dernier manant de leur empire, tous également serviteurs à leurs yeux; de même certains de nos grands poëtes, faciles à nommer, ne reconnaissent parmi les français que ceux qui les flagornent et ceux qui les critiquent. Il n'existe point d'autre trait distinctif pour eux.

Chez Longfellow, rien de pareil, mais une conversation nourrie, une merveilleuse fertilité d'aperçus, la plus grande provision de souvenirs et la plus saisissante originalité d'explications. Ajoutez-y, pour comprendre tout notre émerveillement, une connaissance très-complète de notre personnel Parisien, à ce point que — le trait est bien américain, — c'est lui qui nous donna l'adresse d'un excellent relieur à Paris.

Il nous parla avec bonne humeur de toutes les histoires que nos journaux français avaient répandues à profusion sur son compte depuis quinze jours. A la vérité, parmi ces circonstances imaginaires, — plus indiscrètes que blessantes — il y en avait de bien faites pour nous inviter à l'étonnement devant les plumes capables de répandre certaines inventions. C'est ainsi que des feuilles graves avaient publié tous les détails d'un dîner en famille et entre amis dans l'Arbre de Robinson, dîner aussi authentique que les aventures de ce célèbre personnage.

Quinze jours durant, quinze jours qui marquent certainement parmi les plus heureux de notre passé, nous vécûmes avec le poëte, lui, venant quotidiennement se reposer chez nous de ses longues courses à travers Paris, et nous questionner sur les choses littéraires ou politiques de la France. Chaque jour c'était une excursion à la Sainte-Chapelle, au Louvre, à l'Hôtel-Lambert, au Théâtre-Français, un repas matinal avec des confrères Parisiens qui nous avaient demandé de lui être présentés, un dîner en famille à l'Hôtel-du-Jardin de la rue de Rivoli.

Un grand nombre de personnages tinrent à devoir et à honneur de venir le saluer. L'escalier du N° 206 de la rue de Rivoli où il logeait, vit passer les figures les plus différentes, depuis le Chef de l'Ambassade Chinoise, feu Burlingham, jusqu'au feu carme le Père Hyacinthe, dont la robe blanche causait tant d'étonnement aux jeunes misses de Cambridge et à leur père.

Aussi célèbre et plus aimé aux États-Unis, dans les Trois-Royaumes et en Allemagne, qu'aucun écrivain de ce temps-ci, M. Longfellow put voir, pour ainsi dire, à son dernier voyage, se dérouler le terrain conquis chez nous par sa noble et chaste muse... Il put voir que si nous n'étions pas encore aussi sensibles qu'il convient à ses œuvres, nous l'étions fort à sa renommée et au charme de sa personne.

La colonie américaine, très-importante et très-nombreuse à Paris, fit assaut de zèle pour accueillir dignement ce glorieux compatriote. Les cartes d'invitation aux *parties* données à cette occasion, portaient : en l'honneur du professeur Longfellow.

Mais, par goût et par devoir, nous nous intéressions surtout aux hommages français, et il nous revient à ce propos le souvenir d'un épisode d'autant plus agréable pour nous, qu'il fut l'origine d'une précieuse amitié.

Un jour nous revenions avec Longfellow d'un déjeûner champêtre... (je vous prie de vouloir bien entendre ici par champs les Champs-Élysées), lorsque sous les arcades Rivoli, presque à l'angle de la rue d'Alger, le poète fut accosté par un *gentleman* déjà mûr, aux yeux vifs et perçants derrière leurs lunettes, et qui se présenta ainsi :

— C'est à M. Longfellow que j'ai l'honneur...

— Oui, Monsieur.

— Je sors de chez vous... je suis M. Barbier.

Le grand américain fut sans doute impressionné par le nom célèbre qui venait de lui être annoncé, mais il n'aurait pu comprendre, à moins d'une explication, l'émoi tout particulier que cela devait causer à un lecteur, à un écrivain français, de rencontrer pour la première fois, dans ces conditions d'imprévu, la personne si discrète de l'auteur si fameux des *Iambes*.

Nous remontâmes ensemble chez Longfellow, et durant l'heure qui suivit, j'assistai à une conversation des plus animées, et dont je dirais que notre théâtre fit tous les frais, si nous n'avions insisté longuement sur l'élection récente de M. Barbier à l'Académie Française, en remplacement de M. Empis.

Cette conversation, remplie d'idées, (Longfellow est certainement de tous les grands écrivains que j'aie connus, celui qui, de *sa personne*, justifie le plus l'admiration et la sympathie inspirées par leurs œuvres, et dont la parole exprime le plus lumineusement de nouveaux aspects des choses,) cette conversation, dis-je, n'a pas laissé d'aimable trace seulement dans notre mémoire reconnaissante. L'année suivante, en pleine séance de réception académique, M. Barbier rappelait textuellement, en citant avec sympathie leur illustre auteur, plusieurs aperçus du poète américain.

Entre autres choses, il nous avait témoigné son étonnement d'avoir entendu, au Théâtre-Français, les acteurs, *dire* d'une façon toute autre que dans sa jeunesse. Il ne retrouvait plus la prononciation de 1829. Dans la bouche d'un observateur étranger, cela n'a-t-il pas la valeur d'une date et d'un renseignement?

Combien de traits d'un jet spontané et comme sybillin! j'en ai recueilli plusieurs dans un volume spécial.

Ces beaux jours s'envolèrent rapidement. Après un hiver artistique à Rome, une semaine à Gad's-Hill auprès de son ami Charles Dickens, qu'il ne devait plus revoir, et un mois d'ovations amicales à Paris, Longfellow se prépara à retourner dans son pays. Nous l'accompagnâmes jusque sur le pont du paquebot dans le riant bassin de Boulogne. Mais nous ne songions point à rire, nous.

Une mélancolie profonde, l'adieu à ce que l'on ne reverra plus, mouillait nos yeux à cette suprême rencontre. Cela se passait le 20 juillet 1869. Depuis lors, en effet, nous n'avons plus revu le poète. Pour le revoir, il eût fallu accepter sa gracieuse invitation d'aller faire connaissance avec l'Amérique, dans cette maison deux fois glorieuse qu'il habite à Cambridge, dans le voisinage immédiat de l'Harvard-University. Cette maison, que j'essaye de vous décrire d'après une photographie, s'élève sur une vaste terrasse... deux ormes imposants semblent monter la garde à son entrée... elle est toute entourée d'arbres, de bosquets et de fleurs. Cette maison séculaire servit de quartier-général au grand Washington avant l'évacuation de Boston. Longfellow n'a point voulu que ce noble souvenir pût jamais périr par sa faute, il l'a fixé dans les vers suivants :

Un jour, il fut un jour, où dans ces murs,
Un homme qui assiége souvent notre mémoire,
Le père de la patrie, a habité.
Alors les feux du camp assiégeant
Entouraient d'une ceinture flamboyante
Ces prairies vastes et humides.
Son pas majestueux
Appesanti par le fardeau des soucis
Réveillait de bas en haut l'écho de ces escaliers..
Et dans cette chambre où j'écris,
Il s'est reposé aux heures de chagrin
Le cœur et la tête harassés.

De ce qui précède, il ne faut pas conclure que nous soyons restés, depuis 1869, sans nouvelles de Longfellow. Les malheurs de la France l'attristèrent sincèrement. De nombreuses et éloquentes lettres le prouveraient. Dans ces lettres, il s'inquiète de tel ou tel coin de Paris, où l'amitié l'a accueilli, et il se préoccupe de savoir si la mitraille allemande l'a épargné. En outre, plusieurs envois d'autres nouvelles, attestaient en même temps, chez le poète, la fidélité de son souvenir affectueux, et la jeunesse toujours active de sa muse.

Nous terminerons cette partie biographique de notre travail, sur une dernière aventure personnelle qui ne manque pas d'un certain air de fantastique.

Peu de temps après ces cruels et doubles désastres que la mémoire a honte d'évoquer (et que ce serait toutefois le comble de notre malheur d'oublier), une famille amie nous pria de lui retenir un appartement dans un hôtel meublé de la rue de Rivoli.

A cet appel surgit à nos yeux l'intérieur aimable où nous avions connu, trois ans auparavant, l'illustre américain, et qui répondait à peu près, par sa distribution, à ce que l'on nous avait prié de chercher.

L'idée nous vint de nous adresser au gérant du même hôtel. Nous lui demandâmes s'il ne disposait pas d'un logement pareil à celui qu'avait occupé M. Longfellow.

— Monsieur Longfellow! nous répondit-on; il est justement arrivé hier soir.

Notre cœur bondit de joie à cette annonce; nous eûmes l'illusion que ces deux années avaient été un odieux rêve. Sur l'envoi immédiat de notre carte, nous fûmes invité à nous présenter, et nous nous trouvâmes, en effet, devant M. Longfellow... mais un Longfellow de vingt ans à peine, fils du précédent, et qui accompagnait en Europe une de ses sœurs. Le hasard ne nous avait donc pas absolument trompé.

III.

LISTE CHRONOLOGIQUE ET ANALYSE DES ŒUVRES.

Nous n'avons point prétendu faire une étude littéraire complète, mais seulement indiquer un rôle, et esquisser une physionomie. Aussi, nous bornerons-nous à rappeler, dans une revue sommaire, la suite des œuvres de Longfellow. Le chiffre des volumes diffère sensiblement, selon les pays et les éditeurs. Le nombre des éditeurs est lui-même considérable. Le poète en compte plusieurs dans chaque ville importante des États-Unis : à New-York, à Boston, à Halifax. Il en a d'attitrés à Edimbourg et à Londres. A Londres, c'est Routledge qui le publie en charmants volumes illustrés. Pour notre compte, nous préférons, et nous suivrons dans ce travail, l'édition très-commode de Tauchnitz, de Leipzig, dans sa collection si répandue des *British Authors*, qui est arrivée présentement à deux mille volumes environ.

Le tome Ier s'ouvre sur les *Voix de la nuit*.

C'est le premier recueil publié par l'auteur, qui avait jusque-là disséminé un grand nombre de poésies dans la *Gazette littéraire des États-Unis*, et dans la *Revue de l'Amérique du Nord*. Ce premier recueil parut en 1839.

Il plaça presque immédiatement Longfellow à son rang légitime, c'est-à-dire au premier rang. Le *Prélude*, l'*Hymne à la nuit*, le *Psaume de Vie*, la *Lumière des Étoiles*, les *Pas des Anges*, la *Cité assiégée*, sont de petits chefs-d'œuvre de sentiments et d'expression.

A la suite des *Voix de la nuit*, on a inséré dans le même volume : *Les premiers poèmes*, écrits par Longfellow durant sa vie de collége et avant l'âge de dix-neuf ans, puis un certain nombre de *traductions* de l'espagnol, du français, de l'italien, du danois et de l'allemand.

Parmi les espagnols nous trouvons : Lope de Vega et le célèbre poème de Coplas de Manrique ; parmi les français : *La Ballade* si connue de Charles d'Orléans, et la touchante berceuse de Clotilde de Surville ; parmi les italiens : Dante ; parmi les allemands : Tiedge, Klopstock, Müller et Uhland.

Viennent ensuite les *Ballades et Poëmes* parus en 1841, contenant aussi des traductions de l'allemand et du suédois Tegner.

Dans les *miscellanées* nous citerons : les *Jours de pluie*, l'*Aveugle Bartimée*, et surtout : EXCELSIOR, la pièce la plus fameuse du poète.

Les *Poëmes sur l'esclavage* ont paru en 1842.

L'*Etudiant espagnol* est de 1843; nous aimons beaucoup ce drame. C'est à un conte de Cervantes : *La Gitanilla* qu'en remonte l'idée mère, souvent exploitée par les faiseurs, supérieurement développée par Longfellow.

C'est l'histoire des malheureuses et romanesques amours d'un bachelier de Madrid, et d'une danseuse Gypsy.

Le drame est en trois parties, nous n'en dirons pas davantage. On n'analyse point une sérénade interrompue par un coup de carabine. La Gypsy *Preciosa*, idolâtrée par son amoureux est un ange soupçonné dont l'archevêque de Tolède lui-même a admiré la grâce, et subi le dangereux prestige, en se plaignant peut-être de sa Grandeur...

Les Lara et les Carlos ne manquent point à ce drame et n'appartiennent pas en propre à Longfellow. Ce qui lui appartient, c'est le groupement, et les caractères, c'est l'air de poésie, c'est la magie amoureuse qui évoque des visions enchantées et vous souffle l'oubli de la réalité mauvaise.

Malgré le peu d'espace dont nous disposons, nous ne voudrions pas vous priver de ce portrait de la Gypsy *Preciosa.*

SCÈNE I.

LE COMTE DE LARA, DON CARLOS.

(*Ils s'entretiennent d'une grande fête qui a eu lieu la veille*).

DON CARLOS.

... Et, naturellement, la Preciosa dansa cette nuit.

LARA.

Et jamais elle ne dansa mieux. Elle redescendait sur terre après chaque élan, légère et brillante, à la façon d'un rayon de soleil descendant sur l'eau. Je trouve cette fille merveilleusement belle.

DON CARLOS.

Belle d'une beauté surhumaine! Je la vis hier au Prado; elle a la démarche d'une reine et la figure d'une sainte du Paradis.

LARA.

Une sainte ne peut-elle cheoir de son Paradis et cesser d'être sainte?

DON CARLOS.

Pourquoi cette demande?

LARA.

Parce que j'ai ouï dire que cette sainte est déjà tombée, et que malgré son aspect virginal, Préciosa est, au fond, une pécheresse.

DON CARLOS.

Vous l'outragez en vérité... elle est aussi vertueuse que belle.

LARA.

Candide! Hé quoi, pauvre ami, alors qu'il n'y a pas une seule femme vertueuse dans tout Madrid, dans toute la ville, vous me voulez donner comme un type de sagesse une danseuse qui, chaque nuit, se montre demi-nue pour de l'argent, et brûle par ses gestes voluptueux, le sang des jeunes gens imprudents ?

DON CARLOS.

Vous oubliez que c'est une Gypsy ?

LARA.

D'autant plus facile à conquérir, alors.

DON CARLOS.

C'est-à-dire, pas à conquérir du tout. La seule vertu que prise une gypsy c'est la chasteté. C'est sa seule vertu, vous entendez, et elle lui est plus chère que la vie. Il me souvient d'une gypsy, créature éhontée et vile, dont le métier était de livrer la jeunesse au vice et la beauté à la débauche. Pourtant cette misérable était personnellement incorruptible. Un jour, un noble seigneur, séduit par sa beauté, la sauvage et diabolique beauté de sa race, lui offrit à prix d'or de devenir elle-même ce que tant d'autres devenaient par ses soins. Elle se tourna vers lui d'un air de grand mépris et le frappa au visage(1).

Le *Carillon et le beffroi de Bruges* portent la date de 1846.

J'ai essayé de vous rendre ces strophes ; après les avoir lues, on a vu Bruges (*formosis Bruga puellis*) on connaît son histoire.

Un autre recueil de *miscellanées* suit immédiatement les *Poèmes sur Bruges*.

(1) « Nous avons dit que les Bohémiennes étaient sobres ; si nous ajoutons qu'elles sont chastes, personne ne nous croira ; c'est pourtant la vérité ; leur vertu passe en Russie pour invincible ; aucune séduction n'en peut venir à bout, et des seigneurs jeunes et vieux ont dépensé avec des Bohémiennes des sommes fabuleuses sans en être plus avancés. »

Ainsi dépose Théophile Gautier dans son *Voyage en Russie*, et le témoignage de cet éclatant styliste, nous a paru très-intéressant à reproduire ici. Ajoutons, en passant, que dans ce *Voyage en Russie*, très-digne d'être lu d'un bout à l'autre, notre poète a commis de graves oublis ; si la Russie a le droit d'être fière de Zichy et des *Vendrediens*, elle s'enorgueillit aussi de Pouchkine, Gogol et Tourguenef.

Dans cette intéressante série, nous avons surtout remarqué : *Un rayon de soleil*, l'*Arsenal de Springfield*, et une pièce intitulée :

NUREMBERG.

Dans la vallée de la Pegnitz, dans le pays où, sur de vastes prairies, se dressent les monts azurés de la Franconie, on aperçoit l'antique Nuremberg...

Étrange vieille cité de labeur et de trafic, étrange vieille cité d'art et de chanson...

Les souvenirs hantent tes toits pointus, aussi nombreux que les corbeaux qui s'y rassemblent...

Souvenirs du moyen-âge, alors que les Césars grossiers et hardis, avaient fixé leur séjour dans ton château séculaire et qui brave le temps...

Alors que tes vaillants et économes bourgeois se vantaient dans leurs rimes naïves,

Que leur grande cité impériale étendait sa main sous tous les climats.

Dans la cour d'honneur du château, blindé de maint cercle de fer...

Se dresse le gros tilleul planté par la main de la reine Cunégonde.

Sur la place, la fenêtre, où dans les vieux jours héroïques,

On vit le poëte Melchior chantant les louanges de l'empereur Maximilien.

De toute part, je vois surgir autour de moi le monde prodigieux de l'art.,

Et les fontaines anoblies des plus splendides sculptures, rafraîchissent les plus vulgaires marchés.

Sur le portail de la cathédrale, on voit sculptés en bois les saints et les évêques,

Délégués par les premiers âges, comme apôtres de notre temps.

Dans l'église Saint-Sébald, la poussière vénérable du patron repose dans une châsse magnifique,

Et les douze apôtres en bronze montent, à travers les âges, la garde autour de ce précieux dépôt.

Dans l'église Sainte-Laurence, on admire un ciboire, œuvre de sculpture extraordinaire,

Figurant la gerbe écumeuse des fontaines, s'élançant dans un air en peinture.

Ici, dans le temps où l'art était encore la Religion, d'un cœur simple et pieux,

Vivait et travaillait Albert Dürer, l'évangéliste de l'Art.
C'est d'ici que dans le silence et le chagrin, mais la main toujours active au labeur,
Il partit comme un émigrant, à la recherche d'un monde meilleur.
Emigravit... telle est l'inscription qu'on lit sur la tombe où il repose.
Il n'est point mort, mais parti, car l'artiste ne meurt jamais.
L'ancienne cité paraît plus belle et le soleil semble plus brillant,
A celui qui a déjà foulé ses pavés et respiré son air.
A travers ces rues larges et imposantes, à travers ces ruelles obscures et sinistres...
Ont passé jadis les *Master Singers*, chantant leurs grossiers poèmes...
Des pays lointains et privés de soleil, ils étaient venus au *Guild* Hospitalier,
Bâtissant des nids dans le grand temple de la Renommée, comme les hirondelles bâtissent dans les gouttières.
Le tisserand, comme il poussait sa navette, tissait aussi des rimes mystiques
Et le forgeron martelait sa dure chanson au carillon de l'enclume,
Remerciant Dieu, dont la sagesse infinie a fait fleurir la fleur de poésie
Parmi les cendres de la forge et les déchets du métier.
C'est ici que Hans Sachs, le savetier-poète, lauréat du gentil-savoir,
Le plus habile des douze maîtres habiles, chanta et rit en larges in-folios.
Mais sa maison est maintenant un cabaret, au plancher proprement sablé,...
La fenêtre est enguirlandée, et la figure du chanteur est sur la porte...
Peinte par quelque humble artiste comme dans la chanson d'Adam Puschman...
Douce comme le vieillard lui-même, avec sa longue barbe blanche.
A la nuit, l'artisan basanné vient noyer ici ses soucis...
Dans le pot d'étain écumant, qu'il vide, assis sur l'antique siége du maître.
La splendeur de jadis est évanouïe, et devant mon œil songeur, ces formes et ces images confuses flottent comme une tapisserie fanée.
Ni tes Conciles, ni tes Kaysers n'attirent sur toi le respect du monde...
Tu les dois à ton peintre Albert Dürer, et à ton savetier-poète Hans Sachs.
C'est ainsi, oh! Nuremberg, qu'un pèlerin des lointains pays..
Comme il errait dans tes rues et tes places, chantait intérieurement sa chanson insouciante,
Cueillant entre les pavés, comme une fleurette du sol,
La noblesse du travail, la longue généalogie de l'effort.

Dans cette pièce d'un jet moins heureux, mais intéressante par le détail, le poète a suivi le même plan que pour Bruges.

Dans une soixantaine de vers, il a enchassé tous les souvenirs, la physionemie et les annales de Nuremberg.

Ici, comme partout, Longfellow s'arrête effaré devant les mystères du temps et les abîmes de l'histoire. Il est étrange que nous devions à l'Amérique un si pénétrant poète du souvenir !

En ce qui regarde Nuremberg, nous pouvons appuyer de notre témoignage personnel la justesse de l'impression. Mais il s'agit, bien entendu, du Nuremberg des poètes. Il en est un autre peu poétique et peu rassurant, que M. Victor Tissot a fort bien exposé dans ses études allemandes dont le succès a fait date en librairie.

Le hasard, qui se plaît à multiplier de bizarres rapprochements, réunira pour la seconde fois dans cette étude les noms de deux poétes fort différents : Gautier et Longfellow.

Théophile Gautier a écrit une admirable pièce sur Nuremberg. Il est curieux de donner quelques spécimens de sa manière pittoresque et précise, et de son esthétique brillante, en regard de la description sentimentale et un peu vague de Longfellow...

Auprès d'Albert Dürer, Raphaël est payen...

. . . .

Gothique Albert Dürer ! . . . .
Que de virginité, que d'onction divine,
Dans ces pâles yeux bleus, où le ciel se devine !
Comme on sent que la chair n'est qu'un voile à l'esprit !

. . . .

... On ne dit pas, voyant aux galeries,
L'ovale gracieux de tes belles Maries,

Oh ! mon chaste poëte, oh ! mon peintre chrétien,
Comme de Raphaël et comme de Titien :
Voici la Fornarine, ou bien la Muranèse...
. . . .
Comme dans tes tableaux, oh vieil Albert Dürer !
Nuremberg, sur le ciel, dresse ses mille flèches,
Et découpe ses toits aux silhouettes sèches !

Dans la même série nous trouvons : le *Baron Normand* avec cette épigraphe d'Augustin Thierry :

Dans les moments de la vie où la réflexion devient plus calme et plus profonde, où l'intérêt et l'avarice parlent moins haut que la raison, dans les instants de chagrin domestique, de maladie et de péril de mort, les nobles se repentirent de posséder des serfs, comme d'une chose peu agréable à Dieu, qui avait créé tous les hommes à son image.

Nous citerons aussi : *La Pluie en été*, *A un Enfant*, (Longfellow a parlé des enfants aussi souvent et aussi bien que Victor Hugo), L'*Occultation d'Orion*, puis un morceau d'une mélancolie exquise : *Le Pont*, que nous regrettons sincèrement de ne pas pouvoir traduire ici ; ensuite des *chansons à boire*, puis *La Vieille Horloge sur l'escalier*, portant en épigraphe la célèbre image de Bridaine : *Toujours ! jamais ! jamais ! toujours. ! !*

La littérature de Longfellow est immense, il ne sait point par cœur seulement l'Espagne, l'Allemagne et la Suède... mais la France aussi.

Voici venir d'autres sonnets, et d'autres traductions de l'allemand, parmi lesquelles nous retrouvons un nom agréable à la France, et l'on peut dire consacré par elle : Henri Heine !

Nous avons omis d'indiquer plus haut que ces diverses translations de l'espagnol et du français, remontent aux premiers voyages de Longfellow. Ces voyages ont fourni la matière d'un volume de souvenirs et de récits, publié en 1835, sous ce titre : *Outre-Mer*. On y rencontre, en surplus des impressions courantes, un peu générales et sans grand caractère, (Gautier,— encore Gautier! — nous a rendus si difficiles en matière de voyages !) des études littéraires sur les vieux trouvères français et sur les poëtes espagnols. Longfellow nous paraît grand admirateur de cette littérature. N'eût-elle donné au monde que ce magnifique chef-d'œuvre : *Don Quichotte*, elle a le droit de se présenter devant l'avenir, entre la Grèce qui nous a donné Homère, l'Italie qui nous a donné Virgile, la France mère de Corneille, et l'Angleterre à qui nous devons Shakespeare.

Nous reprocherons seulement à ces impressions de trop banales satires contre les couvents et les moines. Ces choses-là ne sont pas dans la tournure d'esprit du poète, ni dans le cadre du sujet, ce sont de purs tributs à l'esprit de secte.

En 1847, Longfellow publia un de ses poëmes les plus considérables, et aussi les plus célèbres : *Évangéline*.

Goëthe aurait signé avec orgueil cette idylle parée de noms français, et qui relate des épisodes français. Cette épopée familière est un des principaux ornements du premier volume, déjà si riche, qui contient un grand nombre de beaux poëmes, et *l'Étudiant espagnol*. L'idylle, nous répétons à dessein le mot, est encadrée dans la majesté séduisante du paysage américain. L'action se passe dans le village de Grand-Pré, dans la contrée acadienne, sur les bords du bassin de Minas.

Allez pleurer, âmes tendres, à l'histoire touchante de Bénédict Bellefontaine, et de sa fille Evangéline. Ce livre est votre ami [1].

Ce premier volume s'achève enfin sur les poëmes du *Coin du feu*, et les poëmes des *Bords de la Mer*, nou-

(1) Il a paru dernièrement, chez Hachette, une traduction d'Évangéline, illustrée de vignettes charmantes et due à M. Charles Brunel. Le rapide débit de ce volume semblerait montrer que notre pays n'est plus sensible seulement à la gloire de Longfellow et qu'il le devient à ses œuvres.

velle série de morceaux détachés, qui porte la date de 1850.

Dans les uns éclate ce sens de l'éternel et de l'infini, qui anime d'une puissante gravité toutes les inspirations du poëte. Dans les autres, on retrouve entier le barde chrétien, tout brûlant de ces ardeurs du renoncement, de la résignation, du sacrifice du *moi*, qui, aux siècles des néophytes fervents produisirent les martyrs, qui, plus tard, grâce à l'introduction de l'élément humain dans les forteresses religieuses, produisirent la chevalerie et la galanterie, et qui, de nos jours, ne produisent plus rien : ..... *causâ ablata.*

Les dernières pages du tome premier nous appartiennent : c'est une traduction de *la Jeune Aveugle de Castel-Cuillé*, du gascon de *Jasmin*, et d'un Noël bourguignon de Gui Barozai.

Longfellow a fait suivre sa traduction de Jasmin, qu'il appelle : « *Le Burns du Midi de la France* », d'un charmant morceau anecdotique, emprunté au *Voyage dans les Pyrénées*, de Louisa Stuart-Costello.

Le deuxième tome est occupé entièrement par deux œuvres : *La Légende dorée* et *le Chant de Hiawatha*. Le contraste est saisissant.

Avec *la Légende dorée*, nous sommes ramenés au fantastique des cloîtres. C'est une imitation de *la Légende des Saints*, écrite en latin du treizième siècle, par Jacob de Voragine. Le ton en est imposant et la fable grandiose comme celle de Faust. L'original de ce poëme fut regardé comme le dernier mot de l'épopée légendaire et mystique au Moyen-Age, et les contemporains émerveillés lui décernèrent le nom de *Légende dorée*.

J'ai parlé plus haut du chant de *Hiawatha*. Je recommande comme une sensation piquante pour l'esprit la lecture alternative de la légende monastique et du poëme indien, où l'on trouve au plus poétique degré le sens intime des choses derrière les mirages du pittoresque.

Un intervalle de huit années sépare les tomes I et II du tome IIIe. Ces poésies nouvelles ne surpassent pas les anciennes, elles les égalent. Se maintenir dans l'excellent, cela n'est-il pas l'idéal du progrès ? On admire la justesse et la variété de tons dans les pièces charmantes réunies sous ce titre : *Tales of a Wayside Inn.*

Par une nuit d'automne, dans une vieille auberge de Sudbury, sont réunis devant un vaste foyer dont la flamme fait resplendir le portrait de la Princesse Marie : un musicien et son violon, l'aubergiste lui-même, puis un étudiant, un Sicilien, un juif espagnol d'Alicante, un théologien et un poète.

Le musicien s'étant exécuté aux bravos de l'assistance, il est convenu que chacun des autres va dire une histoire.

L'aubergiste ouvre le défilé avec *la Chevauchée de Paul Revere;* l'étudiant conte à ravir : *le Faucon de sir Federigo;* le Juif espagnol dit l'aventure du *Rabbi Ben Levi.* Le musicien, qui aime à fixer l'attention, débite tout au long : *la Saga du roi Olaf,* qui ne comprend pas moins de vingt-deux chants. Le Sicilien chante *le roi Robert de Sicile;* le théologien relate *Torquemada*, ou l'épouvantable cruauté d'un père. Mais je crois que c'est le poète qui conquiert la palme avec la légende si douce des *Oiseaux de Killingworth.* Si Platon l'eût connue, il y eut regardé à deux fois avant de proscrire les poètes, de peur d'encourir le sort des gens de Killingworth, lorsqu'ils tuèrent les oiseaux.

Ces contes aimables sont précédés du portrait de chacun des conteurs, et séparés les uns des autres par un *interlude* original.

Ensuite, dans un poëme qui rappelle Evangeline par l'accent, les proportions et le lieu de la scène, Longfellow raconte la cour inutile faite par *Miles Standish,* le vieux et farouche capitaine, à la belle vierge puritaine Priscilla. La scène se passe durant les jours anciens des colonies dans Plymouth, la terre des pèlerins. Au dur soldat, Priscilla préfère son ami et compagnon Alden. La fureur de *Miles Standish*, son départ pour la guerre, son retour imprévu, le jour même du mariage d'Alden et de Priscilla, et son acquiescement... tel est le thême de ces vers excellents.

Le reste de ce tome troisième comprend sous ce titre : *les Oiseaux de passage*, une trentaine de morceaux détachés parmi lesquels nous citerons : *Prométhée*, *l'Échelle de Saint-Augustin*, *le Vaisseau-Fantôme*, *le Gardien des cinq-ports*, et surtout *les Maisons hantées.*

Toute maison où les hommes ont vécu et sont morts, est une maisou hantée ; à travers les portes ouvertes d'inoffensifs spectres glissent d'un pied qui ne résonne pas sur le plancher.

. . . .

Le monde-esprit, autour de ce monde-sens, flotte comme une atmosphère ; et partout circule à travers ces brûmes et ces lourdes vapeurs terrestres, un souffle vital de l'essence la plus éthérée.

La donnée du *Vaisseau-Fantôme* repose sur le compte-rendu détaillé de l'apparition d'un vaisseau dans l'air, fourni par Cotten Mather, au livre Ier, chapitre VI, de ses *Magnalia Christi*, et emprunté à une lettre du *révérend* James Pierpont, pasteur de *New-Haven*.

J'ai lu et relu aussi *le Cimetière de Cambridge*, *le Nid d'oiseaux de l'Empereur*, *les Deux Anges*, *le Cimetière juif à Newport* et de vives strophes sur notre *Oliviér Basselin :*

Dans la vallée de la Vire,
On voit encore un vieux moulin,
Aux pignons bizarres et surannés.
Sous le châssis de la fenêtre,
Dans la pierre,
Ces seuls mots :
Olivier Basselin vécut ici.

Citons encore des strophes d'une tournure très-militaire sur *Victor Galbraith*, volontaire fusillé au Mexique pour indiscipline. Le nom du personnage revient à chaque troisième vers comme un roulement de tambour voilé de crêpe funèbre. Voici une belle chanson à boire : *le Vin de Catawba :*

> Cette chanson de moi est une chanson de vigne qu'il faut chanter
> près des tisons flamboyants des auberges de la route,
> Quand la pluie vient assombrir encore le sombre décembre.

Il faut nommer aussi : *Sainte Philomène*, *le Point du Jour*, *les Enfants*, *Épiméthée*, où je relève cette strophe :

> Pandore, douce Pandore,
> Pourquoi le puissant Jupiter te créa-t-il blonde comme Flore,
> Belle comme la jeune Aurore,
> Si, te conquérir, c'est te haïr ?

Et les vers pour *le cinquantième anniversaire d'Agassiz*, *l'Heure des Enfants*, *Encelade*, *le Cumberland*, *les Flocons de neige*, *un Jour de juin*, *Lassitude ?*... n'exprimerons-nous pas au moins notre regret de ne rien emprunter à ces inspirations toujours sincères? Le volume s'achève sur une vraie trouvaille de mélancolie : *Ce qui reste inachevé :*

> Avec quelque ardeur que nous travaillions...
> Il reste toujours quelque chose de non fait,
> Quelque chose d'inachevé
> Attend toujours le prochain soleil.
>
> Auprès du lit, dans l'escalier, au seuil de notre porte,
> Menaçant ou suppliant,
> Ce quelque chose d'inachevé,
> Comme un mendiant attend...
>
> Il attend, et on ne le congédiera pas...
> Par les soucis d'hier
> Aujourd'hui est sans trève alourdi...

La Poésie occupera toujours le premier rang parmi les dignités de l'esprit, et continuera, malgré mille épreuves à enchanter le monde, aussi longtemps que le poète, né avec la flamme intérieure, se bornera à dire, en toute sincérité, mais avec le *tour* du génie, ce qu'il a vu, pensé, imaginé et senti, en n'oubliant pas qu'il parle à des hommes.

Le tome IV des œuvres en vers contient deux pièces dramatiques, parues en 1868 dans l'édition Tauchnitz sous le titre de. *New-England Tragédies.* Il en a été publié une traduction chez Hachette. La première pièce s'appelle dans l'original: *Endicott.* Le savant traducteur M. Marmier, ancien ami de Longfellow, l'intitule : *Wenloch Christern* du nom d'un personnage du drame. L'autre pièce dont l'héroïne est une sorcière s'appelle : *Giles Gorrey.*

Il fut fait une vaste *circulation*, comme ils disent à Cambridge *(Massachussets)*, à cet élégant volume d'un prix très-modéré.

Nous regrettons que M. Xavier Marmier n'ait pas poursuivi cette heureuse tentative ; nul n'avait plus que lui qualité pour traduire les poèmes de Longfellow. M. Marmier eût augmenté par là des titres déjà nombreux et incontestés. Nul n'ignore que M. Marmier fut l'un de nos plus intelligents et passionnés voyageurs, dans un temps où voyager était le synonyme de difficulté, d'abnégation et quelquefois de péril. L'œuvre de ce galant homme est considérable. Ses récits de voyage et ses travaux de littérature étrangère, si goûtés cependant, n'ont pas nui à la fortune de ses romans et de ses contes. Antithèse charmante ! l'auteur de tant de récits d'excursions lointaines, vient d'écrire à la louange de *la Maison*, un petit volume qui est l'œuvre d'un poète, d'un érudit et d'un moraliste.

Tauchnitz a publié aussi vers 1867, trois volumes : *La*

divine comédie de Dante, traduite par Longfellow, avec notes, commentaires et citations qui en font une mine de précieux renseignements à l'usage des lettrés, sans parler du mérite même de la traduction.

M. Emile Montégut en a usé de même avec Shakespeare, et son œuvre rend les plus éclatants services au public et aux poètes.

Nous achèverons avec de simples dates cette liste rapide de l'œuvre considérable de Longfellow.

L'année 1872, toujours d'après l'édition Tauchnitz, a vu paraître : *La Divine tragédie*, poéme évangélique, que le manque d'espace nous empêche d'analyser. Cela se recommande presque comme une lecture pieuse.

Dans l'été de cette même année 1872, nous avons reçu de Londres par l'intermédiaire des célèbres éditeurs Routledge et à l'indication précise de Longfellow, un charmant volume admirablement imprimé et intitulé : *Three Books of Songs*.

Le premier *Book* ou livre s'ouvre sur une nouvelle série des *Contes de l'auberge*. Nous retrouvons là :

Le Sicilien qui nous raconte : *La Cloche d'Atri*;
Le juif espagnol avec *Kambalu ;*
L'étudiant avec le *Savetier de Haguenau;*
Le musicien avec la *Ballade de Carmilhan;*
Le poète avec *Lady Wenworth;*
Le théologien avec *La belle légende*;
Et de rechef l'étudiant avec le *Baron de Saint-Castine* dont l'action se passe dans un castel des Pyrénées.

Le second *Book* est rempli tout entier par des scènes bibliques sous ce titre : *Judas Macchabée*; le livre troisième est intitulé : *Une poignée de traductions.* On y retrouve des chansons tartares traduites de Chodzko, des chansons arméniennes traduites d'Alishan.

Les célèbres stances de Malherbe à M. Duperrier et au

cardinal de Richelieu; l'*Ange et l'Enfant* de Jean Reboul, excellemment transportés en anglais, puis des extraits de Filiçaja, de Gœthe, d'Auguste Van Platen et de Sainte-Thérèse.

Le dernier volume de poésies de Longfellow est tout-à-fait récent, il porte la date de 1875, il s'intitule : *Le masque de Pandore et autres poèmes.* Le *Masque de Pandore* est une suite de scènes mythologiques. Parmi les *autres poèmes*, nous avons remarqué deux pièces d'une tournure profondément mélancolique : *La pendaison de la crémaillière* et *Morituri salutamus*, composé à l'occasion du cinquantième anniversaire (1825) de la classe de *Baudouin-Collége.*

Puis une troisième série des *Contes de l'auberge*, avec le prélude et les *interludes* accoutumés.

Le juif espagnol raconte *Azraël*;
Le poète raconte *Charlemagne*;
L'étudiant *Emma et Eginhard*;
Le théologien *Elizabeth*;
Le sicilien le *moine de Catal-Maggiore*;
Le juif espagnol déjà nommé reparaît avec *Scanderberg*;
Le musicien raconte le *Fantôme de la mère*;
Et l'aubergiste la *Chanson de sir Christophe.*

Puis voici deux autres séries des *Oiseaux de passage*, comprenant : *Fata Morgana*, la *Chambre hantée*, la *Rencontre*, *Vox populi*, le *Défi*, *Charles Sumner*, *Voyage au coin du feu*, le *Lac de Côme*, le *Mont-Cassin*, *Amalfi*, le *Sermon de Saint-François*, *Belisaire*, etc., etc.

La voix du poète est moins éclatante, mais le chant est toujours d'une extrême pureté, et l'image, ce *criterium* de l'inspiration poétique, toujours abondante et claire. Ce dernier volume s'achève sur quelques sonnets consacrés à *trois amis*, puis à *Chaucer*, à *Shakespeare*; à *Keati*, à *Milton*, à une *Tombe sans nom*, au *Sommeil*, au *Vieux Pont de Florence*.

Citons celui qui est intitulé :

SHAKESPEARE.

Une vision comme de rues de cité encombrées,
Roulant d'intarissables courants de vie humaine;
Grondement de tonnerre des carrefours; clairons qui appellent au combat... et dans des coins obscurs, clameurs des matelots débarqués de leurs flottes à l'ancre.
Résonnement des cloches dans les clochers, et au-dessous voix d'enfants, fleurs brillantes qui soufflent par dessus les murs du jardin leurs parfums unis:
Cette vision m'arrive, quand j'ouvre
Le livre du Poëte-Roi,
Qui ne fut point chéri d'une seule muse, mais de toutes ensemble;
Elles mirent dans ses mains la lyre d'or,
Et, couronné du laurier consacré à leur fontaine,
Elles le placèrent comme Musagètes sur leur trône.

Ce n'est point là le premier ni l'unique hommage rendu par Longfellow à Shakespeare. Dans de précédents volumes, nous retrouvons un autre sonnet qu'il ne sera point sans intérêt de traduire en regard de celui-ci. Il est inspiré par les *lectures Shakespeariennes* de mistress Kemble :

Oh! précieuses soirées, toutes trop vite enfuies,
Nous laissant légataires des plus généreux héritages
De toutes les meilleures pensées des plus illustres sages,
Elles ont rendu la voix aux morts silencieux!
Comme nos cœurs se sont enflammés et ont battu quand elle lisait;
Interprétant par ses intonations les pages merveilleuses
Du grand poëte qui anticipe sur les âges futurs
Et devance tout ce qui sera dit.
Oh! heureuse lectrice, qui as pour texte
Le livre magique, dont les feuilles sybillines ont acquis

La plus rare essence de toute la pensée humaine !
Oh ! heureux poëte, hors-critique,
Combien ton esprit attentif doit maintenant se réjouir
D'être interprêté par une telle voix. !

Afin de ne point nuire à l'ordonnance de cette revue littéraire, qui nous imposait de citer d'abord, suivant leur ordre chronologique, toutes les œuvres en vers de Longfellow, nous n'avons pas encore parlé de ses œuvres en prose, qui, par leur date, devaient cependant figurer avec les premières publications de l'auteur. L'éditeur Routledge, de Londres, en a donné une charmante édition complète en un volume illustré. Ce volume contient deux romans : *Hyperion et Kavanagh. Hyperion* est regardé comme le roman du poëte lui-même. Aussi bien tous deux sont d'incontestables romans de poète. Dans le même volume, on retrouve *outre-mer*, qui est, nous l'avons dit déjà, un recueil de notes de voyage, prises en France, en Espagne et en Italie.

Après avoir parlé de Longfellow poète, il n'y a point lieu de revenir spécialement sur Longfellow romancier. L'un se rattache si manifestement à l'autre, il est de telle évidence que si Longfellow n'était pas le poète qu'il est, jamais il n'eût écrit ses romans, véritables poëmes, moins la rime et le rythme, que ce que nous pourrions dire du prosateur a déjà été exprimé dans nos considérations sur l'auteur d'*Évangéline* et de l'*Étudiant Espagnol*.

IV.

CONCLUSION.

En commençant cette étude, nous voulions seulement offrir à quelques passionnés amis de la véritable poésie, divers extraits de Longfellow, puis en louant cet excellent poëte du souvenir, nous nous sommes senti nous-même assailli par le passé. Pour dépeindre à merveille l'étrange émoi de notre cerveau, nous n'aurions eu que l'embarras du choix parmi les nombreuses peintures que Longfellow a faites d'un jeune homme à la mémoire très-fidèle, au cœur trop sensible, qui rêve, les pieds au feu, et le coude appuyé sur une table chargée de gravures, de lettres et de livres, aux jeunes filles et aux vieilles espérances d'il y a dix ans.

A ce nom de Longfellow, nous voyons se dresser dans le crépuscule matinal de notre dix-huitième année, la statue fantastique de la gloire littéraire.

Nous avons déjà dit que nous devions à ce poëte, non-seulement le bienfait opéré sur nous par ses vers, mais aussi quelque chose de notre premier orgueil et de notre meilleur étonnement d'écrivain. On n'a peut-être pas oublié le récit de nos surprises à Londres en 1855. Car il s'agissait d'un peuple de marchands et non d'artistes et de flâneurs. Peut-être objecterez-vous : cela ne signifie pas grand chose et ces gens-là font semblant d'aller demander aux livres les jouissances idéales qu'ils ne sauraient trouver au-dedans d'eux-mêmes. » L'erreur serait double, car la poésie vit seulement dans l'amour qu'elle inspire et par lui.

D'autre part, c'est une des plus souhaitables races de lecteurs que ces Anglais. C'est merveille de les voir unir à leur instinct proverbial du calcul une religion poétique si naturelle, et faire dans leur vie si positive cette part idéale à l'amour.

On a vu d'ailleurs que Longfellow justifiait sa gloire. Ce n'est pas une petite chose, en effet, que de savoir remuer l'âme humaine et d'être un grand poëte, autrement que ne le furent Gœthe, Byron, Victor Hugo, Lamartine, Musset, Gautier et Henri Heine. La gloire propre de Longfellow, c'est d'avoir uni à la pénétration intime de toutes choses, de la nature et de l'âme, l'art de rendre leur véritable accent à toutes les voix qu'il fait parler; nul ne prête une langue plus humainement attendrie à un aussi pur idéalisme. Sa poésie a courageusement bravé tous les périls, toutes les fatigues d'un précoce hymen avec le labeur du professorat, sans rien perdre de sa fraîcheur de vierge, et de son originalité native.

Dans l'école anglaise proprement dite, depuis la mort du dernier *lakiste*, on ne vante plus guère que Tennyson, pou lequel nous professons une admiration sans enthousiasme... Il est, depuis quinze ans, le seul poëte national honoré par l'Angleterre, et jusque par ce Londres si hostile encore à lord Byron.

En France, à part quelques caprices, quelques bouffées d'engouement pour certains noms et pour certaines œuvres, caprices et engouements qui nous permettent ensuite de mépriser tout le reste, on n'aime guère les poésies.

On affirme pourtant que, dans notre France, jamais les versificateurs ne furent aussi nombreux, ni aussi habiles qu'aujourd'hui. C'est une appréciation... je ne la conteste pas; je me borne à attribuer en partie, aux stériles luttes de prétendues écoles, aux indignes critiques, à l'introduction violente dans l'art d'écrire, d'éléments et de conditions hostiles à cet art, à la mutuelle inimitié des écrivains qui les a fait se jeter aux pieds des peintres et des musiciens, la responsabilité de la décadence de l'invention poétique et littéraire chez nous. D'ailleurs, les théories ne prévaudront jamais contre le fait quevoici :

Il y a d'une part les poëtes qui nous prennent dès le berceau, à l'entrée de la jeunesse, et que nous n'abandonnons jamais. La langue qu'ils parlent nous a soudainement saisis comme le chant d'aurore d'un monde qui sommeillait, muet, jusque-là, dedans nous ; ils nous ont paru eux-mêmes être la voix de ce qui n'avait jamais parlé avant eux... puis nous les avons aimés.

Ce qu'ils ont dit fait désormais partie des trésors inaliénables de notre âme (*un trésor qui se compose de mots!...* Voyez comme les gens d'affaires ont raison de ne pas se fier à nous). Ces poëtes-là, nous les récitons par cœur, à travers les rumeurs de la vie, malgré les chocs de la destinée, à la table de nos amis, à l'oreille de nos femmes.

D'autre part, il y a les prétendus poëtes qui n'ont jamais eu le temps de connaître ceux dont je viens de parler... s'étant toujours admirés eux-mêmes avec tentative de tapage, le plus souvent; mais ce n'est point leur faute, si les vitres qu'ils cassent vont choir sur des matelas, et s'ils ne réussissent pas même à faire savoir à personne qu'ils meurent d'envie d'être connus. Bref, il y a des poëtes dont nous disons, pour nous en débarasser : Quel talent!... *mais qui ne nous disent rien.*

Or, de quelque façon que vous définissiez le poëte, soit que vous donniez ce nom à l'homme qui revêt d'une forme plus ou moins savante, mais pratiquée avant lui, des aventures nouvelles, des idées et des sentiments individuels, ou que nul n'a mis plus hardiment en relief... soit que vous appeliez de ce nom, l'homme qui réveillera aux échos sonores d'une diction toute personnelle, des idées et des sentiments endormis dans l'âme de ses semblables... Longfellow est un vrai poëte, son émotion, toujours sincère, laisse bien loin le mérite d'un banal savoir-faire en matière de rimes et d'enjambements.

J'ai toujours le même zèle à parler de ces choses : mon premier amour, amour plein de douleurs et d'irréparables sacrifices, a été la poésie. Aujourd'hui encore, je ne sépare point la poésie de l'amitié. Tous deux, non-seulement composèrent mes songes de bonheur, mais encore ils sont demeurés les premières aspirations de ma vie réelle. Depuis ma première enfance, jusqu'après le jour, où bachelier désœuvré, je me posai à moi-même la redoutable question : « Que vas-tu faire maintenant? »

j'ai écrit beaucoup de vers, avoués ou cachés, sur les mystères de la vie, sur les joies de la liberté, sur les yeux bleus des cousines de mes amis.

Au lendemain assoupi et rêveur des bals nocturnes, j'épanchais mon émoi en strophes mélancoliques; je n'étais pas un *ciseleur*, cela est vrai... et peut-être me l'a-t-on reproché. Je m'en suis consolé avec les vers des autres. J'en avais toujours au bout des lèvres.

Puis chaque matin, je m'éveillais sur une strophe de telle pièce, non-seulement de Hugo, de Lamartine, de Musset, de Gautier ou de lord Byron, mais de n'importe quel auteur moins illustre, et même d'un ami entièrement inconnu du public; et pour toute la journée j'appartenais à cette pièce; elle était l'hôte de mon cœur.

Mais alors, je veux que chaque *mot* soit un *monde;* qu'il voltige autour du premier vers un souffle qui m'avertisse et m'échauffe, que je respire un air nouveau. C'est le triomphe de l'âme que je demande-là, tout simplement, je le sais bien. La gloire propre de Longfellow est de réaliser pleinement ce triomphe. C'était aussi la gloire de Musset, malgré des airs et des cris de débauche. C'est ainsi qu'il nous est permis de rapprocher sans violence le poëte de la désespérance et celui de la résignation, parce qu'avant tout l'un et l'autre sont poëtes.

Sous un grand nombre d'autres aspects, Longfellow figurerait plus légitimement entre Lamartine et Victor de Laprade, lui aussi poëte inspiré et professeur érudit.

Je n'ose faire, qu'à coup sûr, de ces rapprochements contestables d'ordinaire. N'avons-nous pas vu, dans un recueil répandu, un critique fort sévère et peu juste, comparer Eugène Sue à Charles Dickens?

Il faut rester sur ce savoureux exemple.

On a dit qu'il y a d'aussi bons et d'aussi grands poëtes en prose qu'en vers.

C'est peut-être vrai... mais c'est autre chose.

Louis DÉPRET.

Lille-Imp. L. Danel

www.ingramcontent.com/pod-product-compliance
Ingram Content Group UK Ltd.
Pitfield, Milton Keynes, MK11 3LW, UK
UKHW012108240726
13965UKWH00004B/1644

9 782013 051880